谨以此诗集
献给和我共同走过那段青葱岁月的人
谢谢他们给了我创作的灵感
让那段黄金般的日子
没有如风一般地消逝
而是化成了诗
留下了青春的痕迹

孙进 著

曾经年少轻狂

长江出版传媒

长江文艺出版社

图书在版编目（ＣＩＰ）数据

曾经年少轻狂 / 孙进著. -- 武汉：长江文艺出版社，2019.3
ISBN 978-7-5702-0684-1

Ⅰ. ①曾… Ⅱ. ①孙… Ⅲ. ①诗集－中国—当代
Ⅳ. ①I227

中国版本图书馆 CIP 数据核字(2018)第 258550 号

责任编辑：谈　骁　　　　　　　责任校对：陈　琪
封面设计：白　果　　　　　　　责任印制：邱　莉　　王光兴

出版：长江出版传媒　长江文艺出版社

地址：武汉市雄楚大街 268 号　　　邮编：430070
发行：长江文艺出版社
电话：027—87679360
http://www.cjlap.com
印刷：湖北民政印刷厂

开本：880 毫米×1230 毫米　　1/32　　印张：8.625　　插页：2 页
版次：2019 年 3 月第 1 版　　　　2019 年 3 月第 1 次印刷
行数：4503 行

定价：36.00 元

自序：诗及其他

　　我从来没有想过成为诗人。虽然从十五岁便开始写诗，但在很长一段时间内，我并没有意识到自己是在做什么。当时只是很自然地把自己内心的感觉写成了押韵的文字，根本就没想到这东西便是"诗"，更不知道自己是在"创作"。我那时一直觉得创作是"吟安一个字，捻断数茎须"的那种，而我写的那些文字，更像是它们自己冒出来的，因此不能算是创作。虽说后来看到"文章本天成，妙手偶得之"这一说法，让我得到不少鼓励。但用起"写诗"和"创作"这类词时，仍觉得诚惶诚恐，仿佛无意间得罪了谁。

　　从初中到大学再到出国留学，我时断时续地写了十几年的诗。这里收录的204首诗，是按照写作时间顺序排列的，分为中学（辑一、辑二、辑三）、大学（辑四、辑五）和留学（辑六）三个时期。人们从中不难看出一个少年曾经走过的这段青春岁月及其心路历程。就内容而言，这一时期的诗里没有太多的家国天下，更多的是关于自我，关于爱情，关于理想，关于上下求索以及这一过程中的困惑、心得、失意和执着。其中，失意的经历相对而言给予了我更多写作的冲动和灵感，因此，我从不为此而感到遗憾。诗与国一样，都是"生于忧患，死于安乐"，正如"国家不幸诗家幸"这一诗句所言。

我早期写的诗大多属于汪国真式的抒情诗和哲理诗。进入大学后，我陆续接触了一些现代诗，写作风格发生了一些改变。到了大学后期，我开始在不自觉中将宋词的风格融入新诗，又取得了一点新的发展，写作风格变得更为成熟和多元。遗憾的是，大学毕业后，我去德国留学，学习任务重，又离开了母语文化圈，开始疏于写作。再到后来，我在德国遇到了我的爱人，生活和情感的满足与安定驱走了偏爱栖居于"忧患"的诗意，遂与诗渐行渐远。

英国诗人华兹华斯曾言：诗是强烈情感的自然流露，它源于平静中回忆起来的情感。我十分赞同。对我而言，写诗便是将萦绕在心头的、有时是不吐不快的情感和思绪抒发出来的一个过程，就像《诗大序》中所说的"情动于中而形于言"。它近乎是自然发生的，而且其主要目的和功能在于梳理思绪，释放情感，进行自我心理调节。因此，对我来说，写诗从来都不是某种时髦的爱好或过时的追求，也不是刻意的艺术创作，而只是一种自然而然的存在。当诗意来时，我没有拒绝；当诗意去时，我也没有挽留：一切顺其自然。

从某种意义上来说，这是一本"迟到"了近二十年的诗集。虽说很早便开始写诗，但我此前一直都没有选择投稿和发表。可能是因为这些诗所记录的大多是自己内心的想法，并不想与别人分享。如今，二十多年过去了，时过境迁，物非人亦非。诗虽是昨日之诗，我却已非昨日之我，完全是以另一种心境来看当初了，像是在看另外一个人。因此，也终于可以鼓起勇气，把这些原本写给自己的文字分享给大家了。

　　诗或好或孬，在我呈现给您的这一瞬间都显得不再重要了。当所有虚伪的包装噼里啪啦地剥落之后，您看到的便只是一个年轻人赤裸裸的心灵独白。希望和我当初一般的年轻人，可以在这些诗里看到自己，获得情感上的共鸣，得到心灵上的慰藉。我想，这是我纪念自己青春的最好的方式了。

孙　进

2018 年 7 月 6 日，北京

目　录

辑三　奋斗·光明

辑四　苦恋·彷徨

辑五　复活·感激

辑六　承诺

辑一　叛逆·成熟

叛 逆

不知是否真的有错
刚刚离开父母的怀抱
我就变得不再乖了

也许对于长大的自己
父母变得不再那么神圣
对父母的要求
总先考虑　然后再做

不知是否真的有错
对脑子里装满公式和定理
鼻梁上架着厚眼镜的第一名
我从来都没在意过

因为我清楚自己是自己
既不是 1、2、3
也不是 A、B、C

不知是否真的有错
我想做的事情
没有一样可以做

或许是正值多梦的年龄
梦想和现实之间
总是隔着一道天河

我
是一个叛逆者
但叛逆
并不一定都是错

1991

我不是你想的那样

真的
别说我在撒谎
我不是你想的那样
你说我很高傲
孤芳自赏
其实你不知道
那是不自信的伪装

真的
别说我在撒谎
我不是你想的那样
你说我很难接近
把什么都不放在心上
其实你不知道
我心中藏着一颗燃烧的太阳

1992

独　白

我的应该
是我想做而做不到的
我的要求
是我想得而得不到的

我的没有
我一直都没有
我的拥有
一点也没变富有

我的心已进入春天
我的人还在冬季期盼
我的心已飞上蓝天
我的人还踯躅在地面

1992

我本出色

因为没有学会矜持
才将许多的优点暗淡
由于矫揉造作
才将潇洒的本色
变得不自然

有时候
是因为太爱你
才躲躲闪闪

有时候
是因为过于钟情
才使许多精致的设计
不能如愿

请原谅我的幼稚
请收回你的嗔怨
对于感情这问题
我永远都不是
出色的航员

1992

甜涩人生

总以为从此便得以解脱
却不曾想
刚刚晴朗了烦恼的雨
便带着尚未消失的笑
走进忧愁的河

日子悠悠地走
梦儿依旧地做
五彩斑斓的人生
同样有着甜和涩

涩够了　会有甜
甜尽了　又是涩

1992

生命的转折

曾经迷惘地站在路口
凄苦的心不知往何处漂流
前面或许有一片辉煌
或许仍然是一无所有

脚步不会永远都潇洒
人生有春也有秋

当痛苦伤透了你的心
属于你的欢乐已出发
当你陶醉于成功的喜悦
悲剧也已悄悄发芽

1992

梦中的女孩

你是那么潇洒
宛然便是我梦中的女娃
打开我尘封的窗户
让自己增多一分牵挂

那种怪怪的感觉
或许是相思树上结着的果
那种亦喜亦忧的心情
正是青春节奏的变化

我见到了你
便不想有谁会比你更出色
我喜欢上你
便不管窗外飘进的
是雪
还是雨

1992

成 熟

你的诽谤
我不会放在心上
就像云朵
有时会欺负太阳

你的失望
我永不能忘
就像稚童
也期待表扬

1992

期　待

你的期待
仍然是那样美丽
我的心情
却已不再晴朗

当你面对我的时候
我的眼光不知向何处躲藏

我不想
让你知道我的失败
却也不能掩饰忧伤

但请不要忧虑
当脚步再次坚强
你的期望不再是失望

1992

只是不小心

不要再将你的胜利宣扬
你的骄傲会使我更忧伤
我只是虚度了一段时光
一切便已不再辉煌

在我彷徨的时刻
请收回你的那种眼光
一切只是不小心
以后你又会失望

1992

不必在意此刻

跌倒了
并不意味着
脚步一直就蹒跚

冷漠了
并不意味着
生来就不曾拥有笑颜

人生
不要只在意此刻
此刻说明不了什么

1992

没有争取

当你轻道一声珍重
伤心地一人离去
我只恨没有机会
回赠的
也只能是一声叹息

失去伴着失去失去
叹息接着叹息叹息
不是我不曾拥有
只是因为
没有争取

1992

变　心

我有爱的时候
也有厌的时候
爱时给你所有
厌时没有理由

我似云儿浮游
降雨没有气候
湿漉漉的季节
你不必继续守候

1992

不喜欢也是自由

我会变
将我们的珍贵
让回忆拥有
你会走
连同温柔
一块带走

不要说
我的感情全是伪装
要知道
喜欢是自由
不喜欢也是自由

1992

无奈的结局

我期待黑夜的到来
却不忍让你离开
如果能将你挽留
我宁可放弃期待

纵有太多的理由
也不能让你犹豫地离开
你看见的
是理解的笑颜
看不见的
是内心的无奈

1992

遗憾的圆满

不要总是一再埋怨
做什么都要留下一点遗憾
春天尚不能使花朵全部绽放
埋怨又能使什么改变

不是所有的拥有都能永远
不是所有的结局都很灿烂
倘使可以拥有圆满
又怎会接受遗憾

1992

可想不可求

不要期待我的问候
像是雪花对季节的乞求
如果我什么都能拥有
又怎会拒绝你的要求

不要埋怨自己生得很丑
不要以为付出一定会有报酬
因为毕竟有些事
可想而不可求

1992

轨　迹

坠落的日子
总是什么也不在意
唯独课堂上
常有被提问的忧虑

享尽了花季的芬芳
花谢当然也不能逃避
没有花期的争取
便只能收获花谢的叹息

1992

潇洒女孩

不必刻意塑造自我
像是为了别人活着
如果本就平凡
潇洒也只是漂亮的造作

如果能秉持本色
平凡自有平凡的气魄
潇洒不是一种动作
而是一种品格

1992

日落日升

用流泪的心
去感受别人的成功
除了悔恨
难免有些嫉妒的心情

我也知道
嫉妒没有什么作用
于是
常常在夜晚
对自己说

天阴了　还会晴
日落了　还会升

1992

辑二　爱与怨

爱的唯一

或许我们的确有些差距
或许我的感情
你从来都不曾珍惜
或许只有那些得不到的
你才会争取
或许这一切
全是自己错误的布局

你的确很美丽
我也曾真心喜欢过你
如果你真的是这样
我也能大声对你说
你并不是我爱的唯一

1992

比我更出色

不要用那种眼光看我
我已为你受了太多的折磨
如果你真的不在乎我
那就大胆对我说

如果你从未仔细想过我
也无须担心
是否会伤害我
因为毕竟有些人
比我更出色

1992

伤 心

往事不堪回首
岁月如流
美丽难长久
刚近身前
又去身后

抚伤望以后
双泪流
惟有追求
不能丢
不能丢

1993

坠落天使（一）

总把自己的想象
打扮得那么美丽
总以为是天使
就会有飞翔的羽翼

当事实扯破了
伪装的外衣
对她的感情图示
也变成了
流星坠落的轨迹

1993

坠落天使（二）

不愿再想你的美丽
徒增自己更多的惋惜
既然你是这样地流来
还是让你这般地流去

不是所有的云朵都会降雨
不是所有的结局都如人意
当明白了所有的一切
把自己再还给自己

1993

不必留恋过去

既然知道了一切
就无须再让它继续
既然已有了裂痕
又何必缝合这点缝隙

越是逃避伤心
越有更痛的结局
既然所有的已成过去
又何必留恋
那一点点温馨的回忆

1993

放 弃

难道非要流出血
才能发觉已有伤口
难道除了她的拒绝
就没有让你放弃的理由

我明白她对你的温柔
温柔自有她的理由
平行就已足够
又何必强求那个结头

1993

欺 骗

不愿将对你的感情
做得那么虚假
不愿你深情的眼光中
融入我的假话

倘使对你这种女孩
我都可以欺骗
还有什么欺骗
能令我害怕

1993

离　别

忘不了
你转过身时
那深情的眼眸
仿佛在对我说
你是多么地不愿意走

但我只能在心里说
不是愿你走
不是不想留
怨只怨
谁也无法将时光左右

1993

欲即偏离

不要让我用热情
交换你的冷淡
不要将我的感情
淡得犹如云烟

我知道
你也喜欢我
若不然
为何我伤心的时候
却不见你有得意的神色

1993

骄 傲

时常照着镜子
寻找身上的傲气
却怎么也难否认
镜子面前
不是谦虚的自己

也曾想
抓住这个东西
只可惜呀
它是一种抽象
而不是具体

1993

伤 盼

寂寞的路儿
走起来太长
美好的往事
想起来心伤

路上的影儿
何时成双
惆怅的心事
何时晴朗

1993

拒绝融化的冰

莫非还要坚持这么冰冷
莫非还要保持这么坚硬
莫非我全部的热情
只能交换这副冰冷的面孔

自问年轻的眼中
可有什么可以永恒
我用我的全部做赌注
没有爱所不能融化的冰

1993

珍惜拥有

是不是错过以后
才知道珍惜
是不是伤心的时候
才懂得封闭的意义

已迷失了太远的路程
已错过了太多的时机
拥有的已经太少
为何还不知珍惜

1993

别让我误会

既然喜欢了别人
就应该珍惜自己
不要让你的眼神
包藏太多的深意

在我记忆的风景
你已曾经绚丽
不必再找机会
来描绘你的过去

1993

忘记你

不想再有什么奢求
不再等待拒绝的理由
百花自有凋谢的季节
岂是喜欢可以挽留

挥一挥手
不管你回不回头
让记忆永远抹去
你曾停驻的港口

1993

本　色

从不考虑
有什么话不可以说
从不在意
有没有时髦的衣着

顽皮　洒脱
向来就没有行动的准则
做与不做
全凭自己的感觉

1993

风的牵挂

风
轻悄悄地吹着
因为他有太多的牵挂
它希望别人都喜欢他
但没有人注意它
甚至不曾提起过它

终于
他的希望破灭了
满腔的热情化成了愤怒
呼起哨子
卷起黄沙
向着他曾珍爱过的一切
毫无顾虑地释放出
他们本应得到的惩罚

1993

改变自己

快把你藏起来吧
尤其是你的锋芒
尽管你并非有意
却已将许多人刺伤

抛开无须有的虚荣
撕破你冷傲的包装
别让你自己
与所有人的距离
都拉得太长

1993

要走你就走

没有任何理由
能使你的脚步停留
没有任何借口
能送去我的问候

要走的话
你就走
不必在意
有没有我的招手

1993

重复遗憾

不喜欢常把生气搬上脸
而将许多优点黯淡
不想听那种感觉的语言
将往昔的喜欢变成讨厌

总有许多尴尬不能避免
尽管许多自己并非情愿
只因为接受不了感觉的改变
不得不将遗憾
重复一遍
再重复一遍

1993

将距离缩短

不要拒绝心中的喜欢
不要把自己装扮得那么伟岸
说句话　将距离缩短
这并不有损你的尊严

不要压抑自己的情感
不能否认青春也有缺点
说句话　将距离缩短
并非所有的故事都有危险

1993

做你自己

为了让别人少一点遗憾
我企图将自己改变
我抛弃所有的矜持
不再含蓄言不由衷的语言

我洗去别人所谓的污点
换来毫无理由的笑颜
我求取了暂时的平衡
失去了永恒的情感

我让自己平凡　再平凡
开始漠然自己的缺点
我让自己改变　再改变
不再考虑那是什么角色的脸

未尝的果子不知其苦甜
未开的花朵不知是否鲜艳
平凡与平庸本没什么明显的界限
与众不同的当然便是"异端"

少颗星星

改变不了黑夜的容颜

没有太阳

白天便不能称之为白天

改变并非必然的理所当然

真正的完美究竟在哪一象限

草原里的一株灵芝

不应为自己的独处而伤感

青藏高原注定

珠穆朗玛作峰巅

如果为了追求平凡

灵芝要变成小草不惹眼

如果为了追求平凡

珠穆朗玛峰应该把自己消减

世界是否不该存在高山

大海是否不该有波澜

命运没有规则的模型

习惯不需要按习惯发展

有许多改变并非必然

要你改变的人才应该改变

没有任何人可做你的参照物

你自己有你自己的天

正因为有了正
才有了与其不同的反
你说应该将反改为正
我倒想将正改为反

美丽得到的不一定是称赞
对上帝
也有伪装出来的笑脸

你自己要把自己装点
假如你不甘做样品的翻版
假如你执意要将自己改变
削足适履是不是应该成为
你的人生格言

1993

不落的风筝

一双呆滞的眼睛
饱含痴痴的深情
不在乎俏丽的面孔
有没有伤人的表情

一个简单的姿态
容纳她所有的风景
不在乎秋风的萧瑟
不在乎刺骨的寒风

从不计算秋季的收成
他是一个永远不落的风筝

1993

眼　睛

一双饱含深情的眼睛
望着他最熟悉的身影
不管她有什么样的举动
他都会露出浅浅的笑容

忽然看清了她俏丽的面孔
还有美丽的眼睛
他却没有半点的高兴

因为她的眼睛里
尽是讨厌他的神情

1993

伤感列车

我已踏上伤感的列车
我将远离别人的生活
我并不需要什么安慰
只想找一个无人问津的角落

我已踏上伤感的列车
我将逃避别人的快乐
我已习惯了孤单寂寞
不再在乎单身漂泊

1993

忘却以前

已经过了一段时间
悲伤记忆已经走远
没有人宣判你的晚点
是不是该将你的表情
做一点点改变

已经有了一次体验
不该再有太多的伤感
希望并非一个起点
是不是该让遗憾
永远在记忆中轻眠

1993

清清白白

不存在的事
我不去猜
错误的东西
我要去改

并非企图表白什么
只希望世界
能够清清白白

1993

人生的两个方向

如果我不能够飞翔
也不会用脚步去流浪
如果我不能够伟大
也决不描绘平凡的形象

是便这样
否则那样
我的人生
只有相反的两个方向

1993

说再见

不要总说对不起我
我并不想
让你有那么多过错
如果我的存在
真的让你很不快活
那便让我回到我的角落

不要总说对不起我
我并不想
让你有那么多谴责
如果你真的觉得
这不会有什么结果
那便大胆地对我说

1993

一个人

习惯了一个人的生活
不再觉得缺少些什么
不在乎受伤的时候
能否有个躲藏的角落

习惯了一个人的生活
不愿替别人想得太多
不在乎自己的过错
会赢得什么样的指责

1993

过　错

不知道每一个喜欢
都必须有一个结果
不知道还有些热情
被遗弃在角落

总有那么多的情节
我都没有感觉
不知不觉中　又让你
介入我的过错

1993

嫉　妒

我真想化作那迷雾
把你的眼睛遮住
让你望不到他
看我也有点模糊

我真想化作那樊篱
把你的思想束缚
笑　就只为我笑
哭　就只为我哭

1993

看清自己

不要对自己有这么高的要求
仿佛只有这样的路儿
才值得我们去走

要知道
实现一个小目标
是一种收获
错过一个大希望
是许多烦忧

1993

错 过

如果你很早便宣读你的规则
或许我会放弃自己的选择
我从来都不喜欢
放弃自己的感觉
去讨乞别人的快乐

无须更多地解释什么
我也不愿接受这样的结果
也许在很久以前
我们便应该彼此错过

1993

还能坚持多久

也是娇巧一双手
送我似水的温柔
舍不得拒绝
却也不敢拥有
像这样　还能坚持多久

也是深情的双眸
迎我归来　送我走
真想回报
却又不敢回头
像这样　还能坚持多久

1993

悔

天阴沉沉地
心里也没有半缕阳光
不知我做错了什么
让你的眼神
变成忧郁的河儿流淌

云儿变成雨滴滴落
太阳还像昨日一般地晴朗
不知我做些什么
才能抹去
你心中的这份忧伤

1993

无 情

失去了的
我便不期待拥有
既然是给予
又何必寻找一个理由

分手以后
我便不准备回头
既然已到终点
又何必留恋彼此的温柔

1993

真　理

太阳不能让地球
同时拥有白天
我又何必让每一个人
都带着笑颜

1993

继续我的错

谢谢你
我的朋友
尽管我无法
达到你的要求

其实
这条路　我本不想走
只是踏上了
欲想回头　偏难回头

1993

我一个人的过错

为什么在我快乐的行程中
要埋藏这么多的困惑
为什么在我接受幸福的时候
还要拥有同样多的折磨

不论我做怎样的改变
总有一方觉得很不快乐
无论谁不快乐
都会觉得
这是我一个人的过错

1993

是否还有明天

你送给了我欢乐
也带来了一些伤感
你让我觉得骄傲
有时又感到平凡

你为我编织了一个
绚烂的今天
不知是否
还有今天一样的明天

1993

岁月的风雨

不要说这便是结局
不能再说什么语句
即使封闭了所有的窗
也不能拒绝岁月的风雨

1993

无意的过错

你这样一句话也不说
是否要增加我的自责
虽然这只是无意的过错
但我也不再解释什么

你这样一句话也不说
是否想增加我的罪过
虽然这只是无意的过错
但我也不想追问什么

1993

自 私

我不爱太阳
因为她对谁都那么博大
我不爱大地
因为她对谁都一样地容纳

我要走的路
不怕没有光　也无须太大
不在乎荆棘与坑洼
我所怕的　只是
她该有篱笆　没有篱笆

1993

分　手

告诉你一声　我要走
或许你会挽留
但我已决定要走　便会走
留住了我
便是留住了烦忧

告诉你一声　我要走
虽然
这曾是一个美丽的开头
但时至今日
路越走越不自由
让我躲开
成全一个更美的开头

1993

逃 避

没想到这个无聊的故事
竟会有这么多的无奈
没想到这个没有理由的理由
竟会让我如此不开怀

对这个问题
我真不知该如何对待
在我心烦意乱的时候
是不是该断然地离开

1993

情缘已尽

不要让我做这无谓的牺牲
我真不明白你的感情
如果真是情缘已尽
是否还有必要继续伤痛

不要再在我的心中投下阴影
你应该体谅我此刻的心情
如果就此便说珍重
是否惧怕遗憾一生

1993

对不起

送去这一声对不起
你是否已感到
我无奈的叹息
其实有许多的事
不能出自本意

送去这一声对不起
或许你执着的
只是无聊的游戏

如果你是明智的女孩
那刚刚淌下的泪
能否成为最后一滴

1993

思念 （一）

当所有的期待都已成空
所有的相见都进入梦境
是否分手时的相约
全部留给了天空

当钟摆成了无聊的运动
岁月的尘埃遮住了你的身影
是否所有的相约
仅仅筑就了一道彩虹

1993

思念（二）

这样一走
便再也没了音讯
难道忘了
还有颗不甘寂寞的心

你把我的期待
全部变成失望
而失望
始终不能让我明白
应该学会
去忘记一个人

1993

思念（三）

想不到
有些人　的确
想见不敢见
想忘忘不了

想不到
有些感情　真的
想得又怕得
想抛抛不掉

1993

不要这样

稀里糊涂地走过
是否注意到你的坠落
难道所有的忠告
仅仅证明了挫折

经历了许多波折
是否扭曲了你的感觉
难道所有的追求
仅仅是华丽的外壳

1993

无名天使

是你不小心
在我睡梦中
留下了你的笑容

让我
从此　不能忘怀
你那天使般的表情

你叫什么
叫我何处找寻
我不甘心
这只是一场梦

1993

依然爱你

真想伸手再握你一握
真想再对你说我的感觉
真想回到以前的日子
真想背叛自己的承诺

想忘却的始终不能忘却
刚刚模糊的又有了轮廓
为了答复深情的期待
我不得不承受这种折磨

1993

惑

依旧的风景
依然引人入胜
依旧的湖水
映着落日的彩虹

依旧的人儿
依然的生动
依旧的笑语
奏着陌生的心声

1993

怕

担负的是你的深情
逃避的是你的面孔
我怕我的那颗心
不敢涉足正义的天平

掩住的是我的愁容
模糊的是你的身影
我怕我的那双眼睛
承受不住冰冷的表情

1993

以太阳的名义

如果说
在你的天空中
我只是一颗小小的星星
那我又何必
以太阳的名义
给你我全部的热诚

如果说
在我的天空里
你只是一颗小小的星星
那我又怎会
面对太阳
怀念你昔日的光明

1993

女　孩

女孩哟
是否你的雨期中
还有一个我的雨季
为什么
你去了这么久
我才经历了这场风雨

女孩哟
是否你离别的行囊
包裹着我的忧伤
为什么
你去了这么久
泪水才淌过我的脸庞

1993

表　白

真想对你表白些什么
想来想去想不出
说些什么最值得
就这样默默地走吧
把你的矜持　我的骄傲
变成一阵风儿
轻轻松松地吹过

真想为你去做些什么
走来走去走不出
自己心中设置的绳索
就让我默默地为你祈祷吧
把你的委屈　我的委屈
撕成季节的花絮
潇潇洒洒地飘落

1993

忘记她

—— 送挚友 SLB

忘了吧
忘了吧
别再为她假设什么借口
她已将她铺成了一条路
除你之外
任何人都可以走

分手吧
分手吧
真的已到了这个时候
她已埋葬了
所有重归于好的理由

1993

感　悟

总是在过了很久以后
才发觉　很多往事
根本不值得回头

总是在执着以后
才发觉　许多梦想
根本不值得追求

总是在伤心以后
才发觉　很多诺言
根本不值得守候

总是把一切经历完以后
才明白
为何别人的中伤
往往选在你最快乐的时候

1993

梦里的迷

梦里
不知为什么
你突然出现在
我和她面前

面对惊慌失措的我
你的泪
似珍珠断了线

我想解释些什么
而你却哭着说
我想听你最后的选择
天折了我的分辩

我想逃避
我好为难

我无力承担
你痴痴的期待
还有一往情深的依恋

当你追问到最后时
梦醒了
就此留下了
谁也解不开的疑点

1993

手挽手

谁说我们是一潭死水
不然怎能掀起狂波巨澜
谁说我们是一方荒原
不然怎能托起这一片蓝天

手挽手
我们攻无不克
伏下是奔腾的江
站起是巍峨的山

1993

致某人（一）

你曾说

我是风

温暖了你的面孔

你曾说

我是雨

淋湿了你的思绪

我也曾企图

在风雨中

挽留这份宁静

我也曾幻想

在风雨中

维系这份感情

但我不想

卷入你和他人的情感纠葛

因此

我的选择只有两种

要么放弃你

要么失去心灵的安宁

1994

致某人（二）

别再疑惑地看我
美丽的眼睛
所有的一切
都已死在我的心中

别再冰冷地对我
俏丽的面孔
你能收获的
是我无动于衷的表情

1994

致某人（三）

我们是两颗恒星
在各自的轨道上运行
一个偶然的机会
在轨道交接处相逢

不知是为了让你照亮我
还是让我温暖你
更或者
是彼此交融
我们结伴同行

我们是两颗恒星
各有着各自的卫星
我们的轨迹
注定要在感情线上波动

1994

恩　怨

没有一个情节
我可以忽略
没有一丝恩怨
我可以忘却

1994

辑三　奋斗·光明

耻　辱

我把自己钉在耻辱柱上
让所有的人观赏
我不怕冷言冷语的讥讽
我也不怕恶语中伤

我可以接受
任何鄙夷不屑的表情
但我没有勇气面对
至亲至爱的人
眼中流露出的失望

1994

星期天

这个短暂的星期天
我已期待了很多天
在它还未来临的时候
便被许多计划填满

那个期待的星期天
转眼已成了从前
那些美丽的计划
依然待在起点

1994

迟　到

点点滴滴的时间
都被我的感觉拉短
即使很遥远的事情
也被当成了明天

从这里才开始起步
我觉得越走越难
虽然那个辉煌的目标
早已进入了视线

1994

感情交易

你给我的
我终要还给你
虽然有些
并非出自本意

我给你的
请你珍惜
其实感情
也是一种交易

1994

人际关系

复杂的人际关系
像是一张无形的网
使得本不安心的我
不能随意游荡

险恶的人际关系
像一支等待扣动扳机的枪
使得毫无装备的我
时刻觉得紧张

1994

奋 斗

在我面前浮现的
常常是朦朦胧胧的感觉
虽然这样付出
并不一定会有收获

既然已成了失败者
我便准备踏平坎坷
即使不能够成功
我也无须追悔自己的过错

1994

以　前

如果有人
拿他的以前做赌注
那么　在竞争中
他便注定要输

1994

幸运之人的眼泪

不幸之人的眼泪
总是在别人看不见的时候
偷偷落下

幸运之人的眼泪
总喜欢让所有的人都看见
因为　即使他在哭
也是在炫耀

1994

过 失

对于有些过失
我们应该内疚
但不是所有的过失
都需要我们去忏悔

1994

我们的故事

我们所编织的故事
早已变成一只断了线的风筝
越飞越远
只在记忆的天幕中
留下一道
只有起点　没有终点的线

到如今
这道线
也已被岁月的风
吹得越来越淡

就要消逝了吧
是疑惑
还是遗憾

1994

校园里的稚童

在校园沉寂的夜幕中
闯入几个可爱的小精灵
以稚嫩无邪的嗓音
刺破了校园里
死一般的宁静

在同学们无硝烟的战斗中
来了几个无忧无虑的小精灵
用纯真奇妙的音符
复活了同学们
早已僵死的笑容

不一会儿
那几个快乐的小精灵
又唱着歌走远了
丝毫没有注意到
还有很多人
在虔诚地聆听

1994

你的影子

你的人
走远了

走远了的
是你的风景
还有音容笑貌

你的影子
留了下来

被扯成缕缕轻烟
始终在我身边缭绕

1994

悲观主义

我真的犯了悲观主义
别人要我种太阳的时候
我总担心　天会下雨

我不愿相信
枯树还会萌出新芽
我不愿相信
戈壁荒滩上
会有绿色生命的奇迹

唉　我又失败了
因为我的悲观主义
让那么多的机遇
与我失之交臂

1994

光　明

突然发现
太阳并未把我完全遗忘
在我经历了漫漫长夜之后
终于再度将我照亮

是机遇吗
我不愿这么想
只是觉得
这是她应该给我的补偿

也有人说
这是自然规律
太阳照过了地球
就去照月亮

1994

姐姐的别离

姐哟　姐哟
你怎么走了　走了
走得那么匆忙
那么匆忙
还没来得及让弟弟
对你表示他的惊喜
却让弟弟　让弟弟
望着你离去的方向
眼泪汪汪
眼泪汪汪

姐哟　姐哟
弟弟晚上回家时
你已躺在　妈给你铺的
舒适的床上
甜甜地睡着了　睡着了
弟弟早晨离家时
你还在梦乡
还在梦乡

姐哟　姐哟

别怪爸爸没有将你叫醒
是弟弟　觉得你
旅途太劳累　太劳累
是弟弟　看你
睡得那么安详
那么安详

姐哟　姐哟
要怪
就怪那场小雨吧
是它阻了我的行程
是它让我们姐弟
不能欢聚
人各一方

姐哟　姐哟
还是别怪那场小雨了
因为那场小雨
种庄稼的爷爷不知盼了多久
盼了多久

爷爷已经老了　老了
几乎听不见
我们亲切的呼唤
姐哟　你发现了没有

发现了没有

姐哟　姐哟
别怪弟弟
别怪弟弟不能为你送行
其实
掀起你头发的
那阵风儿
便是弟弟捎去的问候
姐哟　你感觉到没有
感觉到没有
那是弟弟在用心为你祝福
一路珍重啊
一路珍重

1994.4.10，有感于姐姐突然离别

回　家

我又回家了
回到我的家
我走时
家乡的白杨
还是光秃秃的枝杈
我回来时
家乡的白杨
已是绿衣婆娑了

我又回家了
回到我的家
我的家在一个小村庄
走着那条崎岖的小路
整个身体不停地摇晃着
晃动起童年的记忆和梦想

我又回家了
回到我的家
爷爷那顶破草帽
安详地躺在
那把用了几十年的

锄头的锄把上
在微风的吹拂下
它摇晃着
唱着故乡那支
唱了几千年的歌谣
是乡音吗
不然　我怎么陶醉了

我又回家了
回到我的家
爷——爷
我回来了
爷爷正忙碌在田间
他那驼成弓形的背
像一根失了血的血管
在听到孙子的叫喊后
突然注入血液般地
挺直了
爷爷扭过头
我望见他那慈爱的笑
像一阵风儿　吹走了
我奔跑满头的汗
平息了
我那怦怦怦的心跳

爷爷　又是麦子熟了的时候了

爷爷微笑着望着麦子
又望了望我们
噢　我们也是您的庄稼啊

爷爷已老了　老了
地里的庄稼
青了又黄　黄了又青
而爷爷的生命
却只有一个季节
像单向流动的大江
流走了
便不再回头

我又回家了
回到我的家
弟弟在小院里
做着我童年时做过的游戏
那只蘸满了
红土泥墨汁的毛笔
在书写完我的童年之后
又在书写弟弟的童年
在爷爷奶奶的膝下
弟弟的故事
和我一样多

1994.4.10，回老家有感

落叶时节

已是落叶飘飞的深秋
那一棵　曾经
栖息过凤凰的梧桐
也在秋风中日渐消瘦

在你离去的日子
所有不经意的往事
骤然间变得清晰
如风中摇曳的秋叶
片片锁着清愁

1994

太阳雨

是谁？不经意
撞破忧郁的云
洒落满天泪雨

是谁？在雨中
低首聆听
雨点的叹息

噢！请别责怪
这个不经意的人
他也很焦急

噢！请相信
只要两心如一
那洒落的绝不是泪
而是彩虹的使者
太　阳　雨

1994

失 败

是谁
在失败后
又唱起无忧无虑的谣歌

是谁
在心甘情愿地
辗着别人胜利的车辙

是我！是我！

是什么
扑灭我胸中
熊熊燃烧的奋争的烈火

是什么
平息我心海上
那汹涌澎湃不屈的浪波

是失败！是挫折！

1995. 3. 9

忘不了

忘不了
你初来时
那一声亲切而陌生的问候

忘不了
谈话时
你那真挚而热情的双眸

忘不了
为见我
你编织的容易被识破的借口

忘不了
临别时
我没有送别你
在那个十字路口

1995. 3. 9

辑四　苦恋·彷徨

追求卓越

依然在固执地摸索
带着满脸的沉重与困惑
虽然事实
不断证明着我的懦弱

并非想去证明什么
也不奢望赢得什么
而是因为
心中有一个理念
叫追求卓越

1996. 9. 1

对不起

真的
该对你说声
对不起

为了得到你的爱
我已不知有多少次
在梦里　剥夺了
你拒绝的权利

1996. 11. 10

爱上你

你会不会在意
如果我
偷偷地对朋友说
我已深深地爱上了你

你会不会生气
如果我
偷偷地让朋友
看我们的那张照片
那美丽的树林
和牵着手的
我和你

1996. 11. 10

心　跳

你是否听见
我的爱
已来到了
你的门前
那怦怦的心跳
还有轻轻的敲门声

莫非
你真的没有听见
为何
过了这么久
还不见你的出现

1996. 11. 11

约 你

即使
有一千个理由
我也不会让你
时时陪在我的左右

我不会去约你
如果不是
我想你
到了不由自主的时候

爱
一个承诺便已足够
又何苦
天天都这般厮守

1996. 11. 11

爱的感觉

好想
牵着你的手
轻轻地
在你耳边问
你——
愿不愿意爱我

好想
吻你的唇
轻轻地问
羞红了脸的你
爱——
是一种什么样的感觉

1996. 11. 12

萤火虫

如果你的爱是夜
我便只是一只萤火虫
在你无尽的沉默里
装点一段闪亮的行程

如果你的爱是光
我只有在太阳里消融
因为
那微弱的闪烁
已是我所有的生命

1996. 11. 13

醉　死

当时光的清流
淡去了眼前绚丽的云烟
才发现痴心追逐的爱情
原来就在身边

来不及责怨
也无力再判断
我早已醉死了
唉——
你那妩媚的笑脸

1996. 11. 14

依 恋

若不是爱你
对你的依恋
怎么会那么重

若不是爱你
为何眼前身后
浮现的
尽是你的身影

1996. 11. 14

彷　徨

如果你不爱我
就不要给我那样的眼光
如果不能给我你的心
又何必这样勉勉强强

要走的话
就不要再彷徨
我总不能　让你
为了一朵花
而错过整片春光

1996. 11. 14

焦 灼

我知道
你可以找到无数美丽的借口
来躲避我
其实
我的要求
并不是太多

只要一个夜晚
就够了

陪我
看看清凉的月色
听听焦灼的感觉

1996. 11. 15

坠入爱河

——致友 XLL

初次听到时
我还有点疑惑
我总以为
爱之舟轻驰而过时
总该泛起些许的微波

听到你幸福地证实
才知道又一次犯了错
原来　无声无息中
也可坠入爱河

1996. 11. 16

猜　测

你究竟爱不爱我
我总在痛苦地猜测
你可知
你那无所谓的表情
已把我对你的心
刺得流出了血

1996. 11. 17

哀　愁

如果你不快乐
即使全世界的人都笑了
我也一样哀愁

1996. 11. 17

等你一万年

没有拒绝
也没有接受
你只是这样
默默地陪着我走

我并不奢求
这么快
就得到你的允诺
只要你不离去
即使等上一万年
也不会觉得太久

1996. 11. 17

心灵交际

在心灵的交际中
有一种给予叫获取

1996. 11. 17

苦　恋

这么久了
对你的恋
早已堆成了山
太沉　太重
我已无力单独负担

要怪　你就怪吧
只是别太伤感
因为我别无选择
箭已在弦

1996. 11. 18

在乎你

你的脸上掠过一丝云
便足以
在我的天空中
飘起一场伤情的雨

当你的笑
不再那么灿烂时
我会和你一样忧郁

悲伤时　你就哭吧
只是流泪的
不止你自己

1996. 11. 18

赤裸裸的爱

别怪我的爱
是这么的赤裸裸
既然想给你
又何须什么包裹

对了
要么就是错
无论什么结果
我都不后悔
自己的选择

1996. 11. 18

心的波澜

你的背影
越走越远
转眼间
已是视线中
一个晃动的点

消失了吧？
怎么我已看不见
可我的心
又为何这样不安

定是你又回来了吧？
不然
谁还能在我心中
掀起这么大的波澜

1996. 11. 19

拒　绝

如果有一个假设
假设你什么也不说
我是否可以认为
你的沉默
并不是拒绝

如果有一个假设
假设这是一个错
我是否可以认为
错的
不是我爱上了你
而是你不爱我

1996. 11. 20

冷　漠

我怎知你的感觉
你总是那么冷漠
你可知道
每次想你
都让我着了火

分离时
独自品味相思
相聚时
却要面对你的冷漠

并非想要指责
只是想知道
如果你是我
会是什么感觉

1996. 11. 20

难以割舍

早就觉得
总有一天
你将离开我

可我又怎能相信
故事才刚刚开始
却已有了结果

多多保重
我又何尝不能潇潇洒洒地说
可心中这苦苦的恋啊
叫我如何割舍

1996. 11. 20

天 问

没有爱牵挂的时候
我的心在空中飘游
有一次遇见了众神
问我　欲往何处走

我只想问问天庭
是否截留了我的爱情
人间的相思太重
而爱又太轻

众神皆默然
看看我　又看看天
拍拍我的肩　说
云太淡
天太蓝

1996. 11. 21

我要飞腾

疯狂奔走的风
刺骨的冷
身上沉沉包裹着的俗
瞬间变成了冰

奋力挣碎冰封
跃出我赤裸裸的性灵
我摆脱了一切羁绊
变成飘飘渺渺的轻

我要　我要飞腾

我要抓住风的缰绳
御风去遨游苍穹
我要拨弄洁白的云朵
还要触摸清丽的彩虹

最后还要登上天庭
拜访无忧的众神
览尽仙境的风景

1996. 11. 30

偷 看

悄悄地
我的眼光
瞥过你的脸
似一抹惊鸿
掠过平静的水面

你
安然地
把滑落的发丝拢过耳边
似轻盈的手指
拨动古老的琴弦

匆匆地
我的爱恋
已鸟儿般出了笼
变成一阵缓缓的风儿
拂过你的耳边

听见了吗?
那里面有我浓浓的情语
和绵绵的思念

喜不喜欢？
我看见
一丝甜甜的笑
漾在你的唇边

1996. 12. 2

啼血的夜莺

——悼念徐志摩

爱、自由和美
在你的心中
凝化成一个美丽的爱情
为了追逐她
你愿做一只啼血的夜莺

你说　你一无所有
这是你唯一的魂灵
你说　你无悔于自己的选择
得之　你幸
不得　你命

一声声　一声声
我听到的又怎是莺鸣
那是斑斑点点的血
是焦灼的生命

1996. 12. 4

阿里巴巴

梦中
你的脸
似西天娇艳的云霞

牵着你的手
我问
是爱吗
绽了这么美的桃花

笑　笑　笑
笑　笑　笑
却总是不回答

而我
真想走入神话
变成传说中的阿里巴巴

面对你的沉默
念动那神奇的咒语
芝麻　开门吧

1996. 12. 18

爱有残缺

很久了
我一直期待着
这么一场雪
好让我的思绪
如这洁白的雪花儿般
在你的面前
潇潇洒洒地飘落

拒绝吗
又何须一说再说
心儿都碎了
又何必再问
还有什么感觉

如许的感情波折
听过了
看过了
也已经历过了
伤心　迷惑　折磨
也如云烟般
丝丝缕缕地消逝了

我说　爱情本是甜蜜的幻觉
人说　这是失败者的酸果
可世上真正永恒的
又真的不是太多

说什么沉鱼落雁　闭月羞花
转眼已是明日黄花　过眼云烟
道什么太平盛世　歌舞升平
再回首　兵戈乍起　四处狼烟

还要什么承诺
山盟海誓　地老天荒
还要什么结果
举案齐眉　相敬如宾
全都是错

不信　请看
夜空里的那道天河
没有结果
就是结果
维纳斯的断臂
已告诉了你
美　源于残缺

1997. 1. 1

春雨又来

我总以为
从此以后
再不会有这样的诗句
于是　我决定
告别追逐
让我的小船
在你的水域里
只是静静地栖息

回忆
是在那寒冷的冬季
我把皑皑的白雪做成帆
又用爱将它高高地扬起

可是　你
你的拒绝　你的逃避
却似冷酷的冰剑
刺穿了我的帆
还要折断我的楫

而今

很快便要来了
一场沁人心脾的春雨
在万物复苏的日子里
我不再有任何奢望
只想让我的爱
在一片空白中
甜甜地睡去

可是　你呀　你
又怎么　又何必
一再地向我透露
你那诱人的春的气息

莫非你不知
我的帆已收起
心儿也已倦了
再无力做这种游戏

也不必试图回报我些什么
你的爱可是海啊
要补偿
我又如何承受得起！

1997.3.5，于图书馆

底 色

时间久了
渐渐觉得
自己的存在
竟成了苍白的画布上
一抹苍白的颜色

无数次渴望着
脱颖而出
却始终
被人所忽略

日复一日　月复一月
在沉默中旁观
万木成春
千帆竞过

所有的期待都已成空
所有的过去都已成错
错　错　错
错的是我
还是我选择的底色

1997. 3. 12

逃 避

再不愿
坠入这深深的感情深渊
让真挚的期待
在冰冷的面对中
一陷再陷

我知道
让你爱我
已成了无法实现的愿
于是
我决定退出
坦坦然然

可我知道
我的决心
有多么的脆弱
它的动摇
只消你一个妩媚的笑脸

于是
我便压抑着

逃避着

担心着

你去年的身影

会在我心灵的最深处

再次闪现

1997.3.14，于民主楼

爱的折磨

或许
遇见你
便是前生注定的错
而爱上你
只是我无法逃避的折磨

于是
我便心甘情愿地
套上你的索
不想　也不愿
理智地挣脱

1997. 3. 14，于民主楼

痛　苦

痛苦多了

心儿都碎成了网

却依然

耐心地过滤着

你我的落花流水

期待着

有一天

你会回心转意

1997. 3. 14，于民主楼

春之声

春天来了
在斯特劳斯《春之声》
那轻盈优雅的述说中
所有的忧郁
仿佛只属于
那个遥远的冬季

它那美妙的旋律
似乎在告诉我
冬天从这里夺去的
春天会交还给你

1997. 4. 4

七彩蝶

丁零　丁零
是谁
惊扰了我的冬梦
是春的风铃

匆匆地
我要与万物同行

我会酿出一枚嫩绿的新芽
然后　再开出一朵
清静而淡雅的花
并要以它为杯
将春光这杯佳酿
一饮而尽

可我又怕
自己醉了
失约于
前来探望我的七彩蝶

她定会生气

定会用斑斓的双翼
责问
这醉人的气息

但
她仍会
为我跳上一曲
欢快的蝶舞
在吻别我之后
怅然地飞去

而
她的吻痕
将变成一潭玛瑙色的记忆泉
在我醒来之后
向我讲述
伤心的七彩蝶
和她那支
美丽而欢快的舞

1997. 4. 6

乱涂·校园漫步

校园的傍晚

微风拂面

怎能和这群终日厮守的字母

继续厮守

怎能错过

这一再错过的

美丽的傍晚

我决定出去看看

外面的天已阴了下来

但仍然飞着

蝙蝠和小鸟

还有只蜜蜂

想要找个地方筑巢

树梢上

一堆杂草

我不知道

这是谁的家

我也不愿意思考

因为

我看见
那边的电线上
吊着一幅风筝的骨架

灵感迸发了
而钢笔
却流尽了最后一滴血
在高潮处
只画下许多无色的线

在我精致的笔记本封面上
我唾了一口唾沫
希望它能
补偿一点浅色的血液
就像卧轨的海子一样
想要以梦为马

此刻
我正孤坐于
一个不知如何称呼的亭子里
看着手里
一朵不知如何称呼的花
淡紫色的花瓣
像极了我梦中的蝴蝶兰
我问过那除草的师傅

他的回答
是一张黑里透红的
质朴的脸
和一脸的茫然

天黑了
灯光
以最快的速度
占据了我所有的空间
池塘边的小屋里
闪出一个妇人
呼唤在池塘边钓鱼的丈夫
回家吃饭
并以疑惑
问候独坐于小亭子里的我
我用眼神对她说
看——
那枯死的树枝上
一个白色的塑料袋
在迎风呼喊

随身听已没有电
摇滚歌手的歌喉
把树上乌鸦的聒噪
模仿得

惟妙惟肖
我终于明白了
艺术和自然
并不是一对同性恋

僻静的小路上
走着一对恋人
男人
全神贯注地吻着恋人的脸
而女孩
却注意到
我
在嫉妒地旁观

前面已是静园
我想穿越草坪
就像穿越一个过去
可刚刚步入
就被驱赶
黑暗中
一个声音说
请勿进入

我只好
走这铺着鹅卵石的小路

可我不愿意
我已厌倦了
这种赤裸裸的接触

我多想
踏入草坪
感觉松软的泥土
就像
隔着阿拉伯妇女脸上的面纱
触摸她那被地中海阳光
所哺育的皮肤

前面已到图书馆
再不见悠闲的散步
连脚印
都在拼命地
互相追逐
旁边是人
前面是书
我坐在起早占到的位置上
坠入孤独

1996.4.6，图书馆，一气呵成的乱涂之作

梦中的恋人

昨夜
我做了一个梦
梦中
遇见了
小学时曾暗恋过的女生

我那时曾以各种方式
向她兜售我的殷勤
却终究未能博得她的芳心

我们相遇的地方
有一个石雕装饰的大门
我们在那里紧紧地相拥
热烈地亲吻

她的腰
弯成了新月
飘逸的长发
垂到大理石的地面

搂着她的腰

我说

好诱人啊

你的唇

难怪当初

深深地把我吸引

1996. 4. 15

法律课上的女孩

法律课
女孩来得很不情愿
不过　没关系
有王蒙的中短篇

于是
笔记本上
全是老师讲话的片断
倒也是　抓住了
讲课的重点

嘻——
是领悟的喜悦
唉——
是内心的感叹

低下头
看看表
抬起头
再看看黑板
又是满脸的不耐烦

今天就讲到这儿吧
老师的计划
没能实现
对时间有点不满

而女孩
却已迅速地收起书包
是解脱后的释然

1997.4.16，于文史楼

单 恋

爱
是一本想看
却又买不起的畅销书

1997. 4. 18

失　恋

入冬以来第一场雪
面对我的邀请
你说
怕冷

1997. 4. 18

错 恋

选错了方向
却不一定
走错了路

1997. 4. 18

单身汉

图书馆里
对离去之人
关注最多的
是没有占到位置的人

1997. 4. 18

大众情人

你的困惑
在于
起早赶到图书馆
去面对那么多的空座

1997. 4. 18

恋爱指南

要借一本书时
可千万别
只写一张借书单

1997. 4. 18

愚人节

这一天
你的拒绝
成了
真实的谎言

1997. 4. 18

情人节

接受了玫瑰
却拒绝了爱情

1997. 4. 18

爱情梦

一个爱情梦
我做了三百六十五天
从二十岁的去年
到二十一岁的今天

风花雪月
咖啡、玫瑰和滚烫的情诗
主题却始终是
你的沉默

从香山的红叶
到入冬以来的第一场雪
从多情的徐志摩、戴望舒、
劳伦斯和哈代
到萨特、卡夫卡、荣格、
弗洛姆和弗洛伊德
爱情之外
我疯狂寻找存在的意义

一个梦
三百六十五天

虽不壮观
却足以让我
曾经沧海

再见
我依然说得很沉重
但我丝毫也不怀疑
没有你
也依然会有阳光灿烂的日子

1997. 4. 21

辑五　复活·感激

骷髅与永眠之蝶

沉寂的眼中
时光之马挣脱思索之缰
破目而出
四蹄触地
整个大地变成一面铁皮鼓
前蹄未及纵起即被后蹄跨越
交叉处留下现在

感觉现在如感觉虚无
我如马德堡的铁球
被掏空了内脏　抽干了血液
去挑战大气
我感到一阵阵窒息

过去和未来无限膨胀
如浩瀚之天和坚实之地
而现在被挤成错觉中的地平线
在视网膜中申请避难

春日之园
去年之花　竞领风骚

而蝴蝶

于花上刚一栖息即成永眠

你笑指的路牌

似曾相识

而你我

转眼已是若干年后的骷髅

1997.4.27，文史楼

爱情绝响

我知道
我不是一个好的乐手
即使全身心的投入
也奏不出
美妙的琴音

爱情
是一支浪漫的曲子
千古传唱
而我却带着热切的渴望
将其奏成了绝响

1997. 4. 28

动物园

节日的动物园
不是动物园
成了人的展览
人走入笼子
而动物成了观众
参观人类并逐渐厌倦

笼子其实是多余的
面对动物
我思考上帝的言外之意

吃草的白犀以其岩石状的两吨之躯
让食肉的狼鄙视其弱小
独角犀的注释上写着
它使虎畏惧　但很少危害人类

牦牛、长耳山羊和驯鹿和平共处
我把羊看成鹿　又把鹿当作羊
瘦弱的岩羊有一对
比牛角还要大的角
除了草和嫩枝外

也吃现代工业的产品　爆米花和面包

西藏野驴与家驴的不同
在于为国家建设积累资金的方式
在兔子恹恹欲睡的眼中
草花鸡在绿孔雀的脊背上觅食

人们以两元钱申请进入
争着向长颈鹿喂食枯叶
而长颈鹿面对众多的手和树叶
在选择的瞬间成了带花斑的化石

猩猩馆里　一只大猩猩
吊在钢筋树和水泥墙之间的绳索上
像是被缚的普罗米修斯
而黑猩猩坐在岩石上　一手托腮
回忆起几百万年前的那片古森林

两栖动物馆中
海龟瞪起千年之目与我对视
我感到鳄鱼其实并不可怕

老虎不曾见到
但在一个收费三毛的厕所边上
看到了沉睡着的熊猫

在我的印象中
它们都属于猫科
老虎只是一只头上写着王字的大猫

动物园叫动物园
但动物园不是动物园
也不是一首诗
而是我用女朋友的眉笔
在一张旅游传单的背面
描出的四十七行字

1997.5.2，作于北京动物园

家　乡

家乡
依然只是一个小村庄

那条承载了无数代人足迹的黄土路
如今
渴望一身柏油的新装

十字街口的老人
在端坐中　成了石像
在没有星星的夜晚
抽着烟
谈论以往

奶奶的麻将桌
是新闻发布所
我听说
阿田的媳妇与人偷情
张大爷刚娶白发新娘

麦田里
一座新坟

一棵十八岁的麦子　饮鸩而亡
父母的争吵
把生活掘成了　墓
将她生命的悲剧埋葬

新坟先只是泪
进而便是一种谈资
只有新坟上的狼尾草
将在每年的这个季节
在风中　披着满头白发
向着麦田和村庄
弯腰　弯腰　再弯腰

家乡自始至终都在上演着喜剧或悲剧
只是无论生　死　悲　欢
都只不过是小景象
而不会成就壮观

因为家乡
毕竟
只是一个小村庄

1997. 5. 14

家的味道

路有多远
思念便有多长
星期六的晚上
我躺在床上　这样想
路有多远
思念就有多长

一张老唱片
让周围的空气
激动地发抖
几个字　穿透耳膜
撞入思想

淡蓝色的床帷
淡绿色的被罩
我做的蓝天下
一把刀　企图
把书、面具和距离
一笔抹掉

音乐与思想

在狭小的空间
为了一个永恒的主题
开始了交战

我不堪重负　拂袖而去
于夜风中
面对南方站立

妈寄来的那张床帏
亦骤然飞起　在我身后
迎风展成一面旗

隐隐约约中
一种情绪
如鼓楼之钟声
挤破历史之空气
缓缓响起

前方
家的味道
已如期而至

1997. 5. 16

眼睛之恋

一千次
我的眼睛与一千个姑娘
一见钟情

一千次
一千个姑娘与一千个男人
私订终身

一千次
我的眼睛与一千个男人
决斗

一千次
一千个男人以一千个理由
将我战胜

一千次
我的眼睛淌下一千滴
绝望之血

一千次

一千滴绝望之血在一千丈欲望之火中
一千次涅槃

1997. 5. 19

诗 论

常常在某个时候
脑子变得一片空白
思想漫成一张天网
等待着
一只没有预约之鸟
欢快或沉重地
突然撞入

网会逐渐收拢
至不再是网
灵感之鸟儿
于涅槃中
化为语言之碎片
缓缓洒落

眼睛是空明的
时空破目而入
成了世界
词语的天兵
穿透了思想
擦过世界之脸

洒落成
诗的版图

诗于世界的存在
是三维的

因而
在有些人眼中
它变成发光的色彩流
呼啸而出
而在另一些人眼中
只是一幅
堆满了颜色尸体的
空白的图

1997.5

复活·感激

在时光之子的
五百四十八块疆土上
我　功名梦断
醉生梦死于
爱情之酒
与哲学之毒药

微翕双目
我昂首站立于行将沉没之方舟
手指
位列至尊之金钱名列
与其忠实之奴仆
破口大骂

我以为　我
必不能幸运如挪亚
而必将在
众人眼光之洪水中沉没

不承想
在维纳斯神庙的废墟中

会有女如伊　于晨曦中

长发飘飘

手执古琴　凌空曼舞

拨动爱与信任之音符

并赠我以战神之剑

我定会凭借此剑

怀抱光荣之梦想

在恺撒之畔

创建自己之霸业

并将以国为杯

邀伊共赴辉煌盛筵

席筵之上

我将轻解战袍

一手持酒　一手执剑

在伊案前

和丝竹之乐

诵大风之歌　仰天长笑

恣情而舞

一醉方休

1997.5

垓下梦

两千年前一滴血
滑过自刎之三尺长剑
滴入我的梦中
系马垓下
惊回首
已穿越了两千年的时空

乌江之畔
我怒问　力拔山兮的英雄
你为何不渡江东？

休唱残歌
奈何！奈何！
八千江东子弟的热血
却怎不解虞姬之意
怎不记亚父之托

莫非仅凭此役
你楚王之豪气
真能安息于司马迁之笔

战火未息
八千个不屈的灵魂
依然在奋力厮杀
美人啊！先莫垂泪
请赠我以霸王之盔甲

看我怎样
独擎西楚战旗
荡平汉家之宫阙
马踏这两千年的天下

1997. 6

微笑·梧桐梦

或许是
被冬季遗弃的那枚雪花儿
在燕子低飞的
夏日的傍晚
乞落于你的窗前

我的小天使
请莫惊疑于我的唐突
在那条灰尘扑面的校园小路上
毫无理由地介入你的微笑

其实　我只是漂泊得倦了
追逐了太久
那只惊弓的爱情之鸟
如今　见到你时
我已满目沧海之水
再无力　飘然而入月上宫阙
一饮你桂花酒之唇
而只奢望
在你静静微笑的河流中

倦卧悠悠一叶扁舟

做一个有凤来兮的梧桐梦

1997.6

挽　歌

这一次
又是你们
为我唱起低哀的葬歌
面对我羔羊般的
渴望、期待与哀求
抛下三根自尽的绳索

我别无选择

死亡
其实并不需要泰山般的理由
有时只须
一片树叶　一声叹息
或是一片云朵

我已爱过了　恨过了
也已努力奋争过了
只是命运要如此对我
我又有何话可说

亲爱的　永别了

纵使前程似锦　往事如歌
死亡的列车已停靠我生命之车站
我要走了

朋友　好自为之
明日依然
江山如画　笑语如潮
只是
亲爱的
我已走了

1997.6

旧　曲

你再也不会听我说起
在这段绿色的日子里
我的寂寞长了多么长的白发
在夜深人静之时
又怎样　被孤单的布谷鸟惊起
变成无数只迷途的蚂蚁
漫进我绿色的盔甲

你再也不会体味
我有多么害怕
我怕我挣不脱我们感情之纠葛
而再度轻越雷池
三弄流水落花

可我更怕
你妩媚之笑
在我落叶飘飞的萧瑟时节
轻拈于他人之手
徒留你昔日之轻颦慢语
让我凄然而空枝独对

因而　我不再等了
等傍晚这场太阳雨停了之后
我便披西天之云霞
乘风而去

请别怪我　就这样不辞而别
九重天外　我会于云端悄然站立
召回这一程风花雪月的泪
三百六十五滴
在我怅然离去之后
你莹然双目　望断之处
会浮出一道清丽的彩虹
那里有我对你最后的祝福：珍重！

1997.7，于昌平军训基地

词余·自传

二十一年匆匆一梦

八年顽劣骄童
慕沙场风云战将　铁马金戈
遂日日　以棍为矛　以风为马
拥同龄子弟
叱咤五百户人家

糊涂六载学龄
玻璃珠里一转空
不学无术
加减乘除　似懂非懂

三载少年轻狂
跃门鱼龙　翻覆云雨
手指处　石破天惊

三载壮志凌云
胸怀万里疆土
红粉轻染
睥睨历代豪英

三百六十五天一夜

梦醒时　未名湖畔一书生

到如今　两度骄阳如火

方悟志大才疏　比肩汉武秦皇

骋志无由

可怜万丈豪情　休　休　休

天地一沙鸥

1997.7

我如是说

—— 致父母

承命于天
我知我
定将不朽于地

斩龙之三尺长剑
夜夜长鸣于胸
然我身缚九九八十一条链索
欲战无力
欲吼无音

我只能怀抱不屈之倔强
俯身而寐于芸芸之羔羊
以亲人登堂入室之厚望
抚慰轻蔑与鄙视之鞭伤

然我预知
终有一天
胸中之三尺长剑
将于万人景仰之注视中
挟奔腾之热血

破胸而出
折七洲之桂
永定中华之尊
而后
掷剑于华山之巅
欣闻千秋万世之赞颂

1997. 10

遗　憾

终于无法对你说些什么了
你的列车已越去越远
在你辞去的那个冬日的晨夜
一种莫名其妙的感叹
竟使对你的思念
让我愧疚得
坐立难安

满室的音乐
满室的烟
姜育恒的地图中
竟排遣不得半点儿的遗憾
在我思想的疆域之上
缀满了结怨的你之旗帜
迎着朔风　呼啦啦地招展

只是　我不敢

那个神圣的字眼
已被北方的冰杵
蹂躏得支离破碎

我真的害怕
再度拨动
落花流水的琴弦

1998. 1

落 雪

很久了
我便期待着这么一场雪
好让我的情绪
如这洁白的雪花儿般
潇潇洒洒地飘落

如今
落雪已这么久了
我却始终在怀疑
这雪　是否真的为我而落

想着　想着
雪就化了

1998.1

江南新娘

小的时候
我便有一个梦想
梦想用一顶大红的花轿
迎娶娇羞的新娘
新娘长着长长的秀发
来自江南的水乡

江南是一个漂亮
而又令人感伤的地方
埋葬了　太多的
才子佳人　悲欢离合
而又终成眷属的梦想
一如我那会唱歌的新娘
离别时
结着丁香一样的忧伤

1998.1

不知所措

其实
是因为你的到来
才让我可以
坦然地面对那一刻
而我
却始终以为
你只是无意间走入我的生活

太多的情节都被忽略
太多的表达都被错过
其实
正是因为你
才让我在面对这一刻时
竟幸福得
有些不知所措

1998. 1

猜　想

我猜想
我定是宇宙之星
陨落于天
却不甘流俗于尘世
定要傲立于地

然
跻身于物质与精神的双重战场
我屡战屡败　遍体鳞伤
任现世之平庸
嘲弄光荣的梦想

但
我必不放弃

我坚信
终有一天
我将得偿所愿
乘九万里之鲲鹏
扶摇而上九天

1998.6

高唐云雨

在梦想之霸业已竟之际
你因何而沉默
在这千年如一的
沉寂的夜里
任凭怎样努力
却都始终无力成寐

思绪如歌
漫过束之高阁的盔甲
彳亍于千年之前的云梦之台

是不是
你是不是
想起了高唐的云雨
想起了楚襄王
想起了　你也会
逢着那个　朝为云暮为雨的女人
自巫山之巅
翩然而入你的锦帐
在奉献完她的身体之后

又带着风情万种的笑意

飘然而去

1998. 6

错 爱

四月
当梦之舟
带着那段凄婉的爱情故事
沉入千年的海底
我终于决心
告别沉默
以背水一战之豪情
一饮你羞赧之琼浆

然而
当五月的最后一簇花蕾
都含羞地绽放之后
我却仿佛依然
只是徘徊在
去年冬日的一个阴影之中
迟迟不见你的笑颜如花

1998. 6

我的爱人

我要对你说我的爱人
我的爱人是一个羞涩的人
她是羞涩的　因为
初吻时　她的唇
闭得如眼睛般那么紧

我要对你说我的爱人
我的爱人是一个并不漂亮的人
但　她是美丽的　因为
她有着如水的温柔
和善解人意的轻嗔

我要对你说我的爱人
我的爱人是一个爱哭的人
她是爱哭的　因为
她的泪
是暮秋的红叶
是夏日的轻云

我要对你说我的爱人
我的爱人是一个忧郁的人

她是忧郁的　因为
她猜不透她爱人的真心

我要对你说我的爱人
我的爱人已经伤透了心
但我不想告诉你
谁是那个伤了她的人
不是不能
而是因为
那个人是我
我就是那个伤了她心的人

1998. 7. 1

红颜知己

夜读秦始皇
想起了
和那位南国女子的
惊鸿一见
或许　真的便是
那期待已久的　缘

不然
思念又怎会
乘着蒙蒙夜雨
越过万里长城
追寻她于
昔日帝王避暑之宫殿

不然
我又怎会
两度马纵大燕山
再做三百年前的天子
纵横驰奔于木兰御苑
雕弓会挽

都只为

看她　一百年

姣美的笑

和清纯的脸

都只为

辞却那弦断无人听的怨

我情愿

忘却了梦想中的万里江山

从此　共知己红颜

吟诗作赋

归隐田园

1998.7

雪落长河

是否永远都会记得
那一列奔向千年古城的火车
外面是一望无际的冬夜
偶尔闪过几盏
过路村庄零星的灯火
那时你正是我热恋的女子
我曾那么天真地否认
今天的这个结果

还记得么？
那一夜　我们相拥而坐
我第一次吻了你
而你却坚持着不给任何承诺
却只是　一遍遍地
仰首含笑问我
要是　有一天　我离开了你
你会不会恨我？
要是　若干年后
一个漂亮女子爱上了你
你是否还能坚守今日的选择？

沉默　沉默　还是沉默

在你美丽的眼中
有一个模糊的影子
面对着黯然神伤的你
无动于衷地舞蹈着

或许　就是他吧
你一直都没有来得及对我说
让你受了这般伤害
从此　小心翼翼地
将自己包裹

若非是他　又会是谁
让你这么一个感性女子
勘破情缘
一任我万般的承诺
终如漫天的雪花儿
飘落万古的长河

1998. 12

诗 人

忧郁
并非是诗人的权利
只是
众多美丽的渴望
被一次次
血淋淋地扼杀之后
诗人才变得
这般敏感
这般小心翼翼

1998.12

飞的梦

在冰塞黄河雪满太行的日子
我不得不收紧九万里的翅膀
背起壮志难酬之悲愤
一头撞入西天殷红如血的晚霞

明日
太阳将如昨日般地升起
再度点亮
千万个少年如我的万丈豪情

只是我啊
却再也不能飞了
只能依偎着我心爱的女人
细数着
零落满地的高傲的羽毛
讲述着
我那曾经展翅高飞的梦

1999. 1

郁　闷

枪膛里没有子弹

全是弹不虚发的渴望

1999. 4

伤 感

羞于聆听春雷
怕又辜负了那道
天堂的灵光

1999.4

爱情的毒药

没有爱情的毒药
就没有这天堂里的呐喊

1999. 5

无言的相遇

是谁
有着古印度圣女
曼陀罗般醉人的美丽

是谁
于漆黑如墨的眼眸里
深藏着一潭玛瑙色的忧郁

是谁
在众芳摇落之后
忽又忆起这醉人的美丽
和玛瑙色的忧郁

是谁
在杨花如雪的季节
彳亍于校园小径
一次次与她　蓦然相逢
一次次　欲言又止
一次次　擦肩而去

1999.5

天　机

是谁泄露了天机
让我洞悉了往昔的秘密
从此不再否认
时空中真有幽灵
幽灵中真有自己

是谁抹去了我的记忆
让我忘却了水
又忘却了陆地
忘却了千年以前
便曾走过
今日生命的悲剧

1999. 5

寂寞的酒

思绪

在寂寞中

默默积酿成一坛陈年的酒

日复一日

年复一年

昔年封条上的年月都已弥散了

却依然没有人来

开启这满腹的秘密

1999. 5. 31

荆轲刺秦王

嬴政之战旗
被一个温柔女子
裁成一件轻盈的罗衫
女人披上它
以一个女人的方式
去为嬴政
成就逐灭六国之霸业

易水河畔
轻盈罗衫
在落魄剑客剑气之下
零落成满地的蝴蝶兰

剑客于花儿样的土壤
播下复仇的种子之后
便义无反顾地西去咸阳
去为女人
实践昔日那真实的谎言

秦王宫里
四海归一之宏伟大殿

剑客于图穷之际　骤然出剑

却惊觉

昔日杀人之剑

已是一抹女人水样的温柔

再无力承受秦王之兵马

于是壮士　　　饮剑

　　　　弃剑

　　长笑

倒下

身前是女人妖媚之笑脸

身后是长城万里之狼烟

1999.6.26，观同名电影有感

犹豫不决

岁月
把我对你的感觉
劈成一尊沉重的十字架
我背负着它
踟蹰于你
温柔的注视之前
不知所措

走近
怕是一生的罪
逃离
怕是一世的悔

1999. 9. 12

想 念

每一天
我都送给你
我的想念

一百年的想念
堆成一座巍峨的山

山里
住着一个温柔的女子
山上
刻着她美丽的名字

1999. 9. 13

辑六　承诺

大海边

大海边
你清纯的笑
在我展开信笺的一瞬
便点亮了
德国整个寂寥的秋日

从此
纵使　金黄的银杏叶
日日洒满
这森林中清幽的小径
秋夜的小雨
再度牵起我故乡的思绪

我
都已不再忧郁

1999.11.11，波鸿

真心真意

远处异域
语言之武器
本无心伤伊于万里

都只为
众芳摇落的寂寞里
英雄的盔甲
已无力承受落花的淡然一击

在水一方的红颜呀
你轻浅的一笑
便胜却了　无数男儿
气吞万里之豪气

江山和荣誉
都抵不过伊
在浴血疆场　力折万夫之后
军帐里有纤纤素手
且嗔且怜地
揾去英雄额头的汗滴

1999.12，波鸿

忆江南·想念

梦回宋代的江南
谁家的庭院
佳人的娇笑
荡过了秋千

梦回宋代的江南
谁家的朱阁
画帘里瑶琴
奏出望尽千帆的幽怨

梦回宋代的江南
谁家的妇人
薄衾孤枕
红烛下
缝着塞外征夫的衣衫

梦回宋代的江南
谁人醉眠芳草
谁？还在惦记着
收复失落的半壁河山

梦回宋代的江南

我该是一青衣儒冠的书生

横槊题诗

登楼作赋

梦想着建功异域　封侯万里

梦回宋代的江南

你该是谁家的红萼

罗衫香袖

朱唇秀颜

读的是谁人的锦书？

又几度独依栏杆

望断南归雁？

2000.2.12，波鸿

朋友，再见

一

在秋叶尚未凋落的季节
你便拖着这沉重的行囊
来到这片陌生的国土
在花儿尚未遍开的时候
你却又已离开了
依然是拖着那沉重的行囊
只是
那曾经美丽的梦想啊
早已碎成了这水中的月亮

二

在你走后
雨会依旧不期而至
花会如期地盛开
我也依然会　一如既往地

去欧洲角听课
去理科楼上网
在阳光下睡觉
在黑夜里思考
只是
朋友这两个字啊
怕已沉重地
再也不会被提起了

三

这一别之后
隔着这偌大的时空
我们怕已不能奢望
某年某月某一天的
再次不期而遇了
但是
岁月终将流逝
容颜终要苍老
我们也终将会在某一天
不约而同地回忆起
这段共同度过的美好时光

四

朋友
安心地上路吧
我想
我再也想不出什么话
要对你说了
就让我　默默地
把你最后一件行李放入车厢
然后
用一个男人无声的眼泪
挥别这段难忘的岁月

2000.3.1，波鸿

千里玫瑰

千里的麦田
千里的蓝天
千里的远行
千里的思念

千里之外寄你的玫瑰谢了
亲爱的
这千里的心意
将是永远

2000.6，莱比锡

失　眠

夜深人静时
思绪
像是一匹脱缰的野马
在漫无边际的空旷中
上下左右来回驰奔

2003.1，波鸿

天堂与地狱

人在物质的天堂
心在欲望的地狱

2003.1，波鸿

被斩杀的渴望

美丽的渴望被斩杀后
留下血、躯体和不甘的遗言
众多美丽的渴望被斩杀后
血浮起遍野横尸
复仇的欲望在血中膨胀升华

天上的众神啊
胸怀要有多大
才能让这陈尸的遍野
变成肥沃的稻田
要有多广
才能让这不甘的复仇欲望
结成雨
潇然落下
滋润这稻田里的庄稼

2003.7.25，波鸿

黑夜狂想曲

在黎明前的黑夜里
我躺在床上狂想

不要背对阳光
尽管挫折
一寸寸地吞噬你的梦想

不要背对阳光
尽管失败
一再夭折你对胜利喜悦的构想

不要背对阳光
尽管你觉得
自己已被遗弃在黑夜　看不见光

不要背对阳光
因为　你还年轻
纵使一败涂地
你依然有机会
让坚毅成为自己新的脊梁

让信心向着光明

生长　开花　绽放

2003. 7. 26，波鸿

龙在浅滩

鱼行海底
龙门之路太崎岖
有太多卑鄙之虾米
于真诚的微笑里
拔出杀人的武器

龙在浅滩
伤人的
不只是虾
更是那
万里辽阔海域

似乎触手可及
却终遥不可及

2003.7.27，波鸿

词余·行路难

行路难
任大道如青天
举步维艰

时世艰
任胸有万卷
良策八千

我欲乘舟而去
又怎堪对
昔时日月之豪情

我欲纵酒高歌
谁解我
愁心如雪

2003.7.29，波鸿

承　诺

爱上我
你选择了
把青春托付给
一个梦想
因为此刻
除了满面沧桑
我可以给你的
是　一无所有

亲爱的
深夜里
不安常让我
彻夜难眠
望着熟睡的你
和你那一脸的安详和娇憨
我曾暗暗发誓

若干年后
我定将许诺的梦想王国
双手捧付给你

让你多年的牵挂

于一瞬间

化成欣慰的笑

在这王国的土地上

骄傲地绽放

2003.10.9，霍夫盖斯玛